EMILIO GAROFALO
SEM NEM SE DESPEDIR E OUTRAS HISTÓRIAS

THOMAS NELSON
BRASIL

Pilgrim

APRESENTAÇÃO DA COLEÇÃO

Este é um livro de meu projeto "Um ano de histórias". Há anos tenho encorajado cristãos a lerem e a produzirem histórias de ficção. O prazer de ler e escrever ficção é algo que está em meu peito desde a infância. Falo muito sobre o assunto num artigo disponível online chamado "Ler ficção é bom para pastor".[1] Nele, conto um pouco de minha história como leitor, bem como argumento acerca da importância de cristãos consumirem boa ficção.

É claro, para que haja boa ficção, alguém tem de escrevê-la. Tenho desafiado várias

---

[1] *Disponível em: http://monergismo.com/novo/livros/ler-ficcao-e-bom-para-pastor/*

pessoas a tentar a mão na escrita e, para minha alegria, alguns têm aceitado e produzido material de ótima qualidade. E aqui estou também, dando o texto e a cara a tapa. Este projeto é minha tentativa de contribuir com boas histórias. O desafio seria trazer ao público um ano inteirinho de histórias, lançando ao menos uma por mês ao longo do ano de 2021. No final das contas, são 14 livros. Há, é claro, muitas outras histórias ainda por desenvolver, sementes por regar.

As histórias do projeto podem ser lidas em qualquer ordem. Vale notar, entretanto, que embora não haja uma sequência necessária de leituras, elas se passam no mesmo universo literário. Não será incomum encontrar referências e mesmo personagens de um livro em outro. De qualquer forma, deixo aqui minha sugestão de leitura para você, caro leitor, que está prestes a se aventurar nesse um ano de histórias:

> Então se verão
> O peso das coisas
> Enquanto houver batalhas
> Lá onde o coração faz a curva
> A hora de parar de chorar
> Soblenatuxisto
> Voando para Leste
> Vulcão pura lava
> O que se passou na montanha
> Esfirras de outro mundo
> Aquilo que paira no ar
> Frankencity
> Sem nem se despedir e outras histórias
> Pode ser que eu morra hoje

Tentei ainda me aventurar por diversos gêneros literários. De romances de formação à literatura epistolar, passando por histórias de amor, *soft sci-fi*, fantasia e até reportagens. Ainda há muitos gêneros a serem explorados. Quem sabe em outro projeto. Se as histórias ficaram boas, só o leitor poderá dizer. De qualquer forma, agradeço imensamente pela sua disposição em lê-las.

SEM NEM SE DESPEDIR E OUTRAS HISTÓRIAS

Este livro é um pouco diferente dos outros, pois não contém apenas uma, mas diversas histórias, bem menores do que as outras do projeto. É muito gostoso imaginar coisas e vislumbrar possibilidades. É uma coletânea de diversas coisas acerca das quais eu já pensei "e se...". Espero que se divirtam! Tem mais dessas histórias pequenas por aí. Quem sabe um dia elas também apareçam.

SUMÁRIO

Sem nem se despedir
15

As músicas que a gente canta errado
20

Samba de pança
37

A foca lindeza
53

In media res
(no meio da coisa)
55

1
SEM NEM SE DESPEDIR

Abiit nemine salutato. É assim que se diz em latim. "Ele foi sem nem se despedir." Essas frases latinas têm um jeito especial de transmitir a ideia de um jeito dramático, não tem? É como *amor vincit omnia* (o amor vence tudo), ou *nemo sine viteo est* (ninguém é sem culpa). Todas mereceriam reflexão mais profunda. Mas hoje é sobre despedidas não feitas. *Abiit nemine salutato*.

Não fora a primeira vez que o homem grisalho havia falado em ir embora. Não somente ir embora ali da cidade, ou do emprego, ou coisa assim. Mas de fato ir embora, se é que você me entende.

Ele tinha ameaçado algumas vezes. Havia postado indiretas nas redes sociais. Havia ligado para amigos em noites escuras e pedido ajuda. Havia feito promessas de não fazer aquilo, para ao menos um amigo. Ele até buscou ajuda profissional. Sempre prometendo bem solenemente que na verdade nunca de fato pensara em ir adiante; eram mais coisas como pedidos de socorro ou algo assim. Até um dia em que resolveu fazer o que sempre dissera que não faria.

Ele foi sem nem se despedir. Nada de cartinhas ou coisas assim.

Talvez só desse jeito ele tivesse coragem. Despedidas envolveriam palavras, sentimentos, confissões, lembranças e mais um monte de coisas complicadas, dessas que molham os olhos e melam o rosto. Ele precisava ir rapidamente. Uma vez decidido, não queria demorar. Foi ao carro depois de pegar o que precisava e dirigiu um pouco antes de estacionar na beira da estrada que levava ao antigo campo do Clube Atlético da cidade. A estrada tinha um atalho que o levaria até a ponte sobre o rio Saudade; esse rio de nome absurdo, que ele escolheu por isso mesmo. A altura era mais que o suficiente, mas os pesos que levava para prender nas pernas garantiriam que ele não tentaria mudar de ideia depois que acertasse a água.

Ele não precisava dizer nada a ninguém, mas enquanto andava em direção à ponte, ficou com vontade de dizer a seu filho para não achar que a culpa era dele. Parou. Ficou pensando nisso. Será que o menino ficaria revisitando o passado e tentando achar alguma culpa? Repassando as conversas, relembrando os eventos. Interpretando palavras e ações. Procurando por sinais? Ele sabia muito bem que, quando a gente quer arrumar desculpas para si mesmo, a gente arruma. Por outro lado, quando queremos encontrar um jeito de nos culparmos, a gente também consegue com certa facilidade. Pensou no menino. Eles tinham a mesma inclinação melancólica. Esse rapaz vai achar um jeito de se culpar. E se ele resolver seguir o mesmo caminho? Teria sido melhor ter deixado uma mensagem falando que não era culpa de ninguém? Ou isso seria exatamente o que faria as pessoas tentarem culpar alguém? Que droga. Pensou no menino na cama àquela hora. Devia estar todo embolado no cobertor. O gato por perto, como sempre. O menino iria acordar cedo e não mais encontrá-lo. Que ódio. Ele não devia ficar pensando nessas partes, nessas consequências. Oras, um dia ele supera, não? Estava se remoendo por isso enquanto andava rumo à ponte, derrubando os pesos para descansar a cada quinze ou vinte passos. Saiu sem nem se despedir. Claro, como se despedir num dia como esse? Só esperou o filho pegar no sono. Já tinha idade suficiente para, de manhã, ao acordar sozinho em casa, ligar para alguém pedindo ajuda. Com 12 anos ele era mais responsável do que o resto da turma da escola.

Seguiu para a ponte, mas os passos eram menos resolutos do que quando deixara o carro. Havia pontas soltas. Havia coisas a resolver. Com isso ele conseguia lidar. Mas pensar no que o menino sentiria estava sendo inesperadamente difícil. Indo para a ponte e para o que achava ser o fim das dores, pensou de novo no menino. Pensou no sorriso dele. Pensou no jeito que ele falava sem parar sobre futebol.

Se há coisas que não podem ser feitas sem despedidas apropriadas, então que não sejam feitas nunca. Jogou os pesos na água. Andou até o carro. Voltou para casa. O menino nunca saberia o quão perto ficou de acordar órfão. Deixou a ponte para trás sem nem se despedir. Sorriu. Sabia que estava decidido a nunca mais voltar para aquele caminho.

2
AS MÚSICAS QUE A GENTE CANTA ERRADO

equena explicação. Outro dia, visitando uma família, fiquei curioso sobre os gatos que moram por lá. Tem um gato fixo na casa, mais velho, que de fato é do lar. E há outros gatos que passam temporadas por lá, sendo livres para chegar e sair quando quiserem. Fiquei imaginando esse gato mais velho acolhendo e treinando os novatos. Será que ele se entristece quando algum dos visitantes resolve ir embora para sempre? Será que ele se apega? Saiu disso uma história.

"O meu mundo era o apartamento... *Detefon*, almofada e trato..."

O gato, malhado *ma non troppo*, sentou-se, daquele jeito que gato senta. Estava preocupado, nada de anormal nisso. Mr. Worry era seu apelido entre a gataria. Ele não estava bem certo de que poderia chegar ao final do dia. Não que houvesse perigo iminente; era mais uma questão de decidir continuar ou desistir de lutar.

O gato tinha, nos últimos meses, cuidado de uma gatinha que achou perdida e maltratada. Ele a encontrou esfomeada detrás de uma cerca-viva, tentando se meter no que sobrara de uma latinha de atum. Ela estava com tanta fome, que mesmo os cortes que a tampa da lata fazia em seu rostinho não a impediam de seguir tentando alcançar os últimos pedacinhos de peixe em conserva.

Ele a amou em sua debilidade. Com sua força descomunal, arrancou a tampa para ela comer os restos. Não somente isso, mas se esgueirou para dentro de uma casa e pegou da mesa um pedaço de frango. Foi uma manobra muito arriscada; ele nem era dessas coisas. Ainda se aventurou na casa de onde ela fugira para pegar o coelhinho de pelúcia, "Gingado", que era a única parte da velha vida que ela ainda gostava e queria manter. Ofereceu para que ela fosse morar na casinha com ele, ser protegida e treinada. Cuidou da gatinha, e ela se entregou a seu cuidado. Ele a levou para casa e lá a abrigou. Além disso, passou-lhe treinamento avançado na arte da gatunagem. Ensinou-a a roubar comida da lata alheia, a evitar certos becos e a escapar da polícia. Não precisou ensinar a miar e nem a usar as garras, pois ela, como toda gata que vale o nome, sabia muito bem se defender. Formou-se um vínculo fortíssimo entre eles.

Adoravam cantar juntos. Já haviam corrido de vários arremessos de botas e baldes de água. Ele, curiosamente, errava muitas letras de música. Ela achava isso adorável. Por exemplo, ele cantava errado a "Canção de uma gata". Ele dizia: "Nós, gatos, já nascemos fortes; porém, já nascemos livres...", enquanto o certo seria "Nós, gatos, já nascemos POBRES". Dessa forma o "porém" faz sentido. A pobreza felina é real, mas contrabalança com a liberdade. Fortes e livres não parece ser uma compensação, e sim duas coisas boas. Para aquele gato, porém, não havia contradição; ele achava que nascer forte não era lá muita vantagem. Os outros gatos tinham expectativas a respeito dele, muitas vezes irreais. Ele era, de fato, um gato extraordinariamente forte. E isso era sua fraqueza. Ele era visto por todos como alguém de grande poder, e isso tinha o potencial de muito bem vir a ser seu fim. A gataiada toda sabia que ele era desproporcionalmente forte; olha, para falar a verdade, quase que sobrenaturalmente forte. Alguns desconfiavam de que um cruzamento com jaguatirica havia ocorrido na genealogia dele, talvez no ramo espanhol da família, que, tendo vindo ao Brasil em um navio de Barcelona que aportou em Belém, se misturou por lá. Em geral, o gato usava sua força para o bem. Ocasionalmente, entretanto, usava para o mal, mas logo se arrependia.

Ele cuidou dela como um mentor, como um irmão mais velho. Logo percebeu que viveria e morreria pela gatinha. Ele era forte, e é isso que gato forte faz.

Algo, porém, começou a acontecer. Algo que ele antecipara, mas que imaginava ainda estar distante. A gata começou a sair para explorar a região; e começou a demorar mais do que o normal. Houve uma ou duas noites em que ela nem sequer voltou. O gato ficou preocupado, bem preocupado. Ele era a força dela. Como ela estaria se virando? Um dia ela contou para ele que, embora fosse bom estar ali na casa com ele, precisava se juntar a uma turma. Queria experimentar isso; queria saber como seria estar livre por aí, ainda que isso implicasse estar longe da proteção dele.

"Mas aqui eu consigo uns filés para a gente de vez em quando. Aqui tem água limpa sempre. Aqui você fica perto de mim e eu te protejo." Ela insistiu que precisava fazer isso. Ele não conseguia acreditar muito que aquilo estivesse acontecendo.

"Pela rua virando lata eu sou mais eu mais gata... Uma louca serenata..." Um dia o gato a viu na rua. Ela estava com outros gatos, uma turma que ele não conhecia. Pelo ao vento, gente jovem reunida. Eles tinham conversado um tempo antes. Ela estava crescendo e insistia que precisava seguir o próprio caminho.

Ele tinha medo disso. Tinha medo por ele e por ela. Tinha medo de como ela se sairia sem ele. E tinha pavor de como ficaria sem ela.

Tentou convencê-la a ficar de diversas formas, algumas das quais ele não se orgulhava. E olha que gato é bicho orgulhoso. Ele pensava sobre a dor envolvida em deixar ir quem a gente cuidou. Como é fácil achar que é nosso aquilo que era apenas um empréstimo.

No final das contas, talvez o importante não seja o saber cuidar. Isso exige força – sim, muita força. Porém, mais força se requer para deixar ir. Saber sair de cena com graça e mansidão, sem ferir o pupilo que decide seguir sozinho. Estava muito difícil. Para a gata também não estava sendo fácil. Ela não queria de maneira alguma ferir seu velho guardião. Achava que ele daria conta de resistir ao processo – afinal, todo mundo sabia que ele era um gato forte, quase um pequeno tigre. Força, entretanto, é algo que se esvai. Confiam demais na força do gato. Nem cantar certo ele canta.

"Mas é duro ficar na sua quando à luz da Lua, tantos gatos pela rua..." Um dia, depois de ela ter ido já há alguns meses, o gato voltava de um inocente passeio pelo parque, querendo ver passarinhos beber água na fonte, quando viu a turma. Ela com a turma. Ele, instintivamente, quis sair rapidamente dali. Havia uma árvore boa para subir, mas sua pata estava machucada e ele preferiu outro esconderijo. O gato achou que a gatinha não o tinha visto e se esgueirou para trás de um arbusto. Sua força estava falhando. Um misto de preocupação, saudade e impotência. Como ela estava se virando sem ele na rua? Ele tinha ensinado muito para ela, mas assim mesmo temia.

Ele sentiu seu cheiro antes mesmo de vê-la por entre as folhas, com seus olhos escuros que o furavam com amor e saudade.

"Oi, gato. Você é grande demais para se esconder aí atrás. Já aprendeu a cantar direito nossa música?"

"Oi, gata. Essa é a turma nova com quem você caça? Não parecem lá muito capazes de subir muro e nem de correr de chinelada."

"Não são mesmo, não. Mas eu sou. Eu dou conta por eles. Não se preocupe, Mr. Worry".

"Odeio quando você me chama assim. Você sabe que a vida me fez ser eternamente preocupado. Estou na minha, cuidando do meu pelo. Daí a vida me manda uma gata indefesa de quem cuido e ensino... e um dia a gata resolve que precisa ir embora. Como que não me preocupo?"

Andaram juntos pelo caminho. Viram pássaros diversos. Sabiás, pardais, beija-flores. Ela parou para cheirar uma flor.

"Como você está, gato? Seja sincero. Eu saberei se você não estiver sendo."

"Estou ao mesmo tempo mais feliz e mais triste do que imaginava sem você por perto. Tentando seguir."

"Eu sabia que você ficaria bem. Você é forte."

O gato respondeu, melancólico:

"Eu queria que você voltasse. Eu não sigo bem sozinho. Sempre segui, mas depois de você é como se todo dia fosse dia de banho. Fico ansioso, fico aflito, a hora não passa. Eu preferia quando você estava perto. Nunca teria lhe faltado nada. Você sabe disso, não sabe?"

"Sei sim, gato. Você sempre cuidou bem de mim. Lembre-se de que nós, gatos, já nascemos pobres, porém já nascemos livres. Você está querendo me prender. E se eu preferir seguir sozinha?"

Ele virou o rosto. Depois de um tempo, falou: "Eu estou morrendo de tanto sentir sua falta. Eu não tenho mais você para cuidar".

"Está pensando em arrumar outra filhote para pôr sob sua proteção?"

Ele não gostou nada daquilo. "Não, de jeito nenhum. Não é o ato de cuidar que me faz falta; é a minha protegida que fica como uma sombra no rabo do olho, como uma canção no rabo do ouvido, como um aroma no fio do bigode... que está ali sem estar."

Subiram em um muro de onde podiam ver melhor o pôr do Sol. Estavam perto de um campinho de futebol. Famílias passeavam com seus cachorros. Pessoas voltavam da padaria. Casais andavam de mãos dadas, e crianças jogavam bola.

A gata estava preocupada: "E se você acabar morrendo? Você precisa ser forte nessa hora. Você vai ser forte, conto com isso. Eu não teria ido se não tivesse certeza de que você ficaria bem. A turma é boa, e eu não posso viver na sua velha casa para sempre. Eu não nasci lá. Eu apenas vivi lá numa fase da minha vida. Reconheço que foi uma das fases mais importantes para a minha formação. Mas preciso ir, não posso me prender à sua sombra. Preciso me tornar eu mesma uma gata acolhedora".

"Não sei. Eu na verdade não sou forte. Só fisicamente. A turma confunde as coisas. Estou definhando sem você".

"Não fale assim, gato. Ficar assim te deixa descuidado. Eu vi você outro dia atravessando a rua. Você estava desatento como nunca foi antes. E se você acabar morrendo?"

Ele não se conteve. "Se for esse o caminho, nada será diferente. Morri quando te encontrei, molhada e sangrando; morri de dó. Morri quando lutei naquele beco contra o cão que te perseguia; sim, morri, de medo. Morri quando deixei para você toda a comida que eu tinha e nem te falei que estava acabando; morri de fome. Morri quando te ouvi cantando; morri de alegria. Que seria mais uma morte, a morte dos meus sonhos em prol dos seus?"

A gata cheirou o ar gelado e miou descontente. Não estava feliz com o rumo da conversa. A seu modo de ver, era terrivelmente injusto o gato tratar seu desejo de se juntar a uma turma como uma espécie de traição. Ela disse, meio magoada:

"Você entende errado o que está se passando. É que nem a música da história de uma gata. Você entende errado."

"Faz sentido em minha mente. A forma como eu vejo me parece fazer sentido. Tanto na música como na sua situação."

"Eu sei. E sei que é amor que move sua melancolia. Sei que você acha que sua força é seu ponto fraco, que as pessoas esperam de você o que não pode dar. Mas você precisa entender que eu não estou indo por desamor. Preciso de uma turma nesta fase da minha vida. E você aqui, por melhor que seja, não pode me dar isso. Eu amo estar na sua casa debaixo do seu bigode protetor, mas há sérios limites aqui. Eu preciso ir, a turma está esperando. Temos uma peixaria para visitar."

"Eu não disse para você que peixaria é uma fria, gata? Eles têm facas afiadas e odeiam gatos..."

"Disse. Mas preciso ver por mim mesma."

Ele virou o rosto, contrariado. Não estava nem um pouco satisfeito com o caminho dela. Seria ele forte o suficiente para, não somente ter a gata distante, mas ainda por cima andando com uma turma da qual ele não gostava, por caminhos que ele não confiava? Era isso ser um gato adulto? Tentar confiar no treinamento que deu aos pequenos? Mas e se o gato sabe que ele mesmo é imperfeito e que seu treinamento certamente não foi sem lacunas? E se ela esquecer dele e começar a diminuir o que foi a importância de morar em sua casa? Era hora de deixá-la ir. Voltar para casa e tentar se acolher para mais uma noite solitária, sem cantoria antes de dormir.

"Você sabe onde me encontrar, não sabe?", ela disse, olhando docemente para seu velho guardião.

"Em boa parte do tempo, sei, mas nem sempre."

"Bem, vamos fazer assim: quando precisar de mim, ande pela rua e cante. Mas tem de cantar do jeito que você canta, com a letra errada. Eu vou ouvir, eu vou saber, eu virei te encontrar."

"Se você mudar de ideia e quiser voltar para o meu abrigo, eu aceito. Não falo mais nisso e te recebo de volta. Arrumo leite daquele que você gosta. Prometo que, se você voltar para casa, não será barrada na portaria. Deixo você escolher em qual janela a gente vai sentar para observar o mundo antes de dormir. Ainda dá tempo. Eu ainda estou aqui. Não é tarde demais. Não sei por quanto tempo vou aguentar, mas amo tanto cuidar de você, que, mesmo com toda a tristeza, eu estou aqui. Volta. Você vai ser bem-cuidada em tudo o que eu possa suprir."

"Obrigada, querido. Eu sei."

3
SAMBA DE PANÇA

A entrevista a seguir se deu antes da apresentação que o conjunto fez no Centro de Convenções Ulysses, em Brasília. A ideia da conversa era fazer uma reflexão acerca das canções mais pedidas pelo público nas apresentações. Aqui segue a transcrição da entrevista, feita ao vivo na Praça dos Cristais com os integrantes da banda na manhã da apresentação. O Samba de Pança começou em Brasília no final dos anos 90, quando cinco amigos começaram a brincar com a ideia de criar uma banda que usasse apenas a percussão corporal como instrumento. O grupo causou impacto na cena cultural brasileira, após explodir no programa Gogó de Ouro Brasil (Centro-Oeste). Os cantores, todos de jeans e sem camisa, cantando em harmonias belíssimas e batucando majoritariamente na barriga, mas também no resto do corpo, caíram no gosto popular, geraram imitadores, mas seguem insuperáveis. Alguém sugeriu que seria um grupo de samba de pança, e o nome pegou. Os integrantes têm panças de variados tamanhos, sendo João Surdão, o mais barrigudo, o responsável pelos timbres mais graves. Além de João, compõem o grupo: Mário Linguiça, Tonico Boca de Sovaco, Lu Dragão e Dado dos Dois Dedos. A ideia do programa foi pedir para que cada um dos integrantes apresentasse algo sobre um dos clássicos que costumam apresentar. Cada integrante tem um perfil bem diferente de pança. João Surdão tem aquela enorme barriga de gorila, só que totalmente lisa; Mário tem barriguinha trincada

de academia; Lu Dragão tem uma barriga muito peluda e levemente gorda; Dado é magricela das costelas aparentes, e Tonico tem uma barriga média, mas com importantes alças laterais. Os cinco estão de jeans e sem camisa. A repórter começa a matéria.

Reportagem: Bom dia aos telespectadores. É uma honra estarmos aqui na belíssima Praça dos Cristais, no Setor Militar Urbano. Uma praça muito agradável, com cheirinho que vem das muitas plantas de lavanda. Local muito belo que hoje recebe nossa equipe e os famosíssimos integrantes da sensação nacional Samba de Pança. Eles se apresentam hoje às 20h no Centro de Convenções Ulysses, e os ingressos já estão esgotados desde o mês passado. Nosso primeiro assunto é o famosíssimo "Madalena do Jucú", popularizado na voz de Martinho da Vila. O primeiro a falar vai ser o mais carismático da banda, Mário Linguiça, o responsável por alguns graves e por manter o ritmo-base do Samba de Pança.

Mário Linguiça: Olá! É um prazer voltar aqui à nossa cidade onde tudo começou. Vem sendo uma jornada muito mais louca do que imaginávamos. Como o tempo é curto, vamos à música. Sim, escolhi falar de "Madalena de Jucú". Gostamos muito dessa. Popularmente conhecida como "Madalena, Madalena". Foi uma das primeiras que nós arranjamos. A ideia é falarmos de nossas percepções da letra, não é? Vamos lá. Creio que é uma clássica história de amor com obstáculos, com alguns sobressaltos na temática. Começa com uma declaração de que, no que tange ao surrado coração do cantor, é a tal Madalena, e ninguém mais, que é seu bem-querer. Como amor arde e dá vontade de contar, não? Ele diz querer precisamente contar para todo mundo que "eu só quero você".

Reportagem: Como é isso de essa canção não ser exatamente um samba?

Tonico (interrompendo): De fato, é uma canção típica das rodas de congo, um estilo musical capixaba. Martinho o popularizou. Continua, Linguiça.

Mário Linguiça: Como em toda história de amor, há obstáculos. Um é a mãe dele, que não quer que ele vá na casa da Madá. Qual a saída? "Eu vou perguntar a ela se ela nunca namorou." Note que o "ela" em questão é a mãe dele, não a Madalena. Veja que maroto. Vai ser um argumento "olha quem fala", porém não parece desrespeitoso, mas sim um apelo para o coração de mãe e um apelo à empatia. "Você sabe, amada mãe, como é estar enamorado." Talvez a mãe tenha ido dormir naquela noite lembrando de antigos amores, ou de uma escapadinha para o cinema.

Reportagem: De fato, quem resiste a uma boa história de amor, não é mesmo?

Mário Linguiça: Pois é, mas há ainda um obstáculo, o próprio pai do protagonista. E o pai, talvez se lembrando de seus tempos, acha melhor que o rapaz siga ciscando. É muito cedo para se amarrar. Só que o nosso herói não concorda. Há amor e, pelo visto, desses que resulta em pacto. Amor mesmo não quer marmotagem, quer assumir e chamar de seu. E o argumento é na linha de perguntar ao pai por que ele se casou. Não sei se vai colar. Pode ser que o pai entre na *trip* de dizer que deveria ter ficado namorador, mas talvez isso balance o velho coração, que já seguiu o caminho do pacto. No fundo o argumento é o próprio amor. O cara ama tanto, que empreendeu grandes esforços só pra ver o seu amor:

Eu fui lá pra Vila Velha
direto do Grajaú
só pra ver a Madalena

e ouvir tambor de congo
lá na barra do Jucú.

Sei pouco sobre tais locais. Sei, porém, que o autor considera grande esforço, e seu coração o levou a isso só para ver Madá. O coração tem razões que a própria razão desconhece, como cantou Pascal num sambinha antigo.

Reportagem: Pascal? Não seria Hermeto *Pascoal*?

Mário Linguiça dá uma risada gostosa e responde: Não, não. Um filósofo.

Reportagem: Ele era sambista também?

Dado Dois Dedos: É só uma piada dele, moça. Vamos para a próxima? Que tal discutirmos o "Samba do Arnesto"?

Reportagem: Claro! O clássico de Adoniran. Então diga, Dado Dois Dedos, o integrante mais jovem e eclético do conjunto. Fale sobre a canção que você escolheu para nos brindar nesta manhã tão gostosa aqui na capital federal.

Dado Dois Dedos: De fato. Eu gosto muito do "Samba do Arnesto", pois acho que ele reflete muito bem alguns elementos da cultura brasileira.

Primeiro, o convite que se faz sem o cuidado de efetivamente buscar cumprir. "Passa lá em casa para um churrasco (samba, videogame etc.)!" E, o pior, a pessoa vai. E não encontra ninguém. Brasileiro vive oferecendo o que não tem ou o que não pode fazer, pois meio que já espera que o outro não aceite mesmo. E, no caso, o Arnesto chamou para um samba que pelo jeito nem estava programado, mas chamou.

Segundo, o pessoal fica com *réiva* (raiva) do Arnesto e decide: "Da outra vez *nóis* num vai mais". Mas essa decisão é intempestiva. Eles deveriam ouvir as desculpas primeiro! E se o Arnesto foi atropelado? Se a mãe dele passou mal? A gente já assume o pior nos outros. Brasileiro pega ranço muito facilmente. Somos um povo cheio de qualidades, mas somos muito rápidos para condenar.

Terceiro, o rancorzinho. "No outro dia *encontremo* com o Arnesto, que pediu desculpas, mas nós não *aceitemos*". Por que não? Na hora de aceitar um sambinha ele é amigo, mas quando pede perdão pelo vacilo vocês negam?

Quarto, o falar que está tudo bem, que não foi nada, quando está claramente com raiva. "Isso não se faz, Arnesto, nós não se importa." Claramente se importam, sim! A gente, como povo, como nação, precisa aprender a tratar das coisas em vez de dizer que está tudo bem.

E, que chatice, o Brás nem é tão longe assim. Mas brasileiro gosta de reclamar.

Reportagem: Excelente, vamos aproveitar

então e ouvir essas duas canções na voz de Samba de Pança!

O conjunto canta "Madalena de Jucú" e o "Samba do Arnesto".

Reportagem: Maravilhoso! Qual a próxima canção que vocês gostariam de discutir? Quem vai agora, Lu? Pode ser você, Lu? O homem dos repiques.

Lu Dragão: Ah, "Trem das onze", pois ela me intriga.

Reportagem: O que te intriga, Lu?

Lu Dragão: Me intriga, pois ela é bem conhecida, muito amada, e acho que muita gente gosta dela por entendê-la errado.

Reportagem: Entender errado, Lu? Como assim?

Lu Dragão: Quer ver? Cantarola aí para a gente ouvir, moça.

A repórter, envergonhada, decide tentar. João Surdão começa uma batida profunda acertando o umbigo exposto com a mão em concha, enquanto Tonico Boca de Sovaco tamborila a mão esquerda na costela e a mão direita na coxa.

Reportagem: "Não posso ficar nem mais um minuto sem você..."

Lu Dragão: Péééééé! Errou. Não fica triste, esse é o erro mais comum mesmo. Repetido à exaustão em bailinhos e botecos. A música na verdade diz "Não posso ficar nem mais um minuto *com* você". *Com*, não *sem*. Não é uma canção sobre alguém que ama tanto e que não consegue ficar longe, e sim um rapaz tentando se desvencilhar da moça e ir para casa. E ele apresenta as razões:

Sinto muito amor, mas não pode ser
Moro em Jaçanã
Se eu perder esse trem
Que sai agora às onze horas
Só amanhã de manhã
Além disso, mulher, tem outra coisa

Minha mãe não dorme
enquanto eu não chegar
Sou filho único, tenho minha casa pra olhar
Não posso ficar.

Agora, pensa comigo. Isso tudo não te parece desculpinha, não? Verdade que Jaçanã é longe, e que o trem das onze provavelmente era o último mesmo. Porém, isso te parece algo que um homem apaixonado faria? Largar a amada que deseja que ele fique, pois mamãe não dorme enquanto ele não chega?

João Surdão: Esse rapaz achou a tática perfeita para se desvencilhar da moça. E tenho dito.

Lu Dragão: É estranho, pois muita gente gosta dos sambas porque os entenderam errado. Será assim com a vida também?

Reportagem: Uau! Profundo esse pensamento, Lu. E você, Sovaco? Qual samba escolheu para falar ao público telespectador?

Tonico Boca de Sovaco: Eu vou de Adoniram também. "Tiro ao Álvaro". Para mim, uma delícia de música que mostra o quanto o amor pode ferir. Eu gosto, pois ela descreve como um olhar, um mero olhar, pode ser letal. Vamos juntos.

O grupo todo entra em batuque corporal e é glorioso de se ver. Tonico canta:

De tanto leva frechada do teu olhar
Meu peito até parece sabe o quê?
Táubua de tiro ao Álvaro
Não tem mais onde furar
Teu olhar mata mais do que bala de carabina
Que veneno estriquinina
Que peixeira de baiano
Teu olhar mata mais que atropelamento de automóver
Mata mais que bala de revórver.

Reportagem: E por que essa, especificamente, Tonico?

Tonico: Pois me lembra de uma loira que tinha esse poder. Amiga, ela fazia miséria em meu coração só de me olhar. Eu espero que ela esteja vendo essa reportagem. Quem sabe um dia eu a reencontre...

Reportagem: Ah, Tonico! Sempre o romântico incorrigível, hein? Falta só você, João. Como vamos terminar a matéria?

João Surdão: Vamos de "Samba da Bênção", de Vinicius de Moraes.

Reportagem: Mas é claro! Como poderia faltar esse clássico do cancioneiro popular...

João Surdão: Então, tem muita coisa boa na música. E acho que tem um tanto que é malcompreendido, como em "Trem das onze". O pessoal foca no "é melhor ser alegre que ser triste", sem prestar atenção no que vem depois. Verdade, alegria é a melhor coisa que existe, mas a tristeza tem lugar na vida. "Mas para fazer um samba com beleza é preciso um bocado de tristeza..." Inclusive, para o próprio samba, sem tristeza não se faz um samba com beleza. É que nem aquelas lembrancinhas que a gente tem da vida e que são como que enroladas em arame farpado; não tem como tocar nelas sem furar a pele e sangrar de novo. Mas elas são importantes. Por vezes um aroma ou uma canção nos levam instantaneamente de novo para esse lugar. E dói. Mas desse emaranhado de dor e alegria, de bálsamo e fio é que surge a arte.

Reportagem: Uau! E eu sou dessas que só foco mesmo na parte da alegria. Sempre aprendendo, né, gente? Bem, nosso tempo está acabando e ainda vamos à última canção dessa bela manhã de primavera brasiliense. Com vocês, Samba de Pança!

4
A FOCA LINDEZA

Havia, no Oceano Atlântico, uma foca com um talento muito interessante. Seu nome era Lindeza. Era uma foca quase comum, se não fosse um simples fato: sabia cantar "Parabéns pra você". Não era lá muito afinada. Era, afinal, uma foca. Mas cantava.

Assim, era frequentemente convidada para uma enorme quantidade de aniversários. Os pelicanos, as baleias, os tubarões, as morsas... todo mundo convidava Lindeza para o aniversário, pois queriam cantar "parabéns". Mesmo quem não gostava muito dela, embora esses fossem poucos, a chamavam. Lindeza vivia exausta. Não tinha brigadeiro de sardinha que compensasse nadar tanto. Eram vários aniversários a cada dia. Até que um dia, depois do oitavo aniversário e ainda precisando comparecer a uma reuniãozinha íntima de pinguins na Patagônia, Lindeza teve uma ideia. Ensinou todo mundo a cantar o "Parabéns pra você". Assim, o oceano ficou mais cheio de música, e Lindeza pôde focar na leitura.

5
IN MEDIA RES
(NO MEIO DA COISA)

Um desastre de avião pode mudar toda a forma de uma cidade enxergar sua história. Pode restabelecer conexões, fazer pessoas repensarem a vida, pode arrancar medidas emergenciais do poder público, reabrir velhos debates sobre segurança do transporte aéreo. Pode comover e mover. Pode ocupar a mídia por semanas. E do mesmo jeito que muda tudo, algo gigantesco pode ficar no esquecimento em tempo tristemente breve. Um desastre assim interrompe inúmeras histórias.

Júlio estava no voo 3744 para Brasília, indo de Vitória para casa. Sim, aquele voo que teve problemas no pouso e que acabou em tragédia. Aquele que pariu 45 mortos; nele, todo mundo ficou ferido de alguma forma. Feridas no corpo, na alma, na história de cada um. Cicatrizes na biografia de órfãos, viúvos e amigos que ficaram. Naquele pôr do Sol de final de outubro, a luz advinda das explosões entristeceu luminosamente a cidade que se ufana de como o seu céu se colore de maneira impossível quase todo santo dia.

Júlio, que voava a serviço toda semana, costumava usar o tempo de voo para escrever mensagens de WhatsApp, mesmo *offline*. Colocava em dia as conversas, interagia nos grupos de esporte dos quais participava, e as mensagens ficavam pendentes até uma conexão estar disponível. Amava ver que não havia nenhuma notificação pendente. Com o voo chegando, burlava um pouquinho as regras da linha aérea e, quando ainda estava voando baixo, tirava o telefone do modo avião. Logo a conexão entrava e as mensagens voavam para os seus destinatários. Ao sair do avião, já estava recebendo mais mensagens.

Foi assim que ele fez naquela sexta-feira, mesmo com o pouso de emergência já anunciado pelo comandante. Não parecia muito preocupante, mas achou bom mandar o que tinha escrito. Tirou o celular do modo avião, e a conexão se estabeleceu, com o Airbus A320 a poucos metros do chão e em péssimas condições. O pior ocorreu e o incêndio resultante do pouso demorou a ser controlado – não por imperícia dos bombeiros, mas porque tem coisas que são incontroláveis mesmo. Júlio foi um de dezenas que faleceram carbonizados. Suas mensagens foram enviadas antes de seu telefone ser destruído junto com sua carne. Você vai lê-las a seguir.

[NBA dos brothers] 17h18
Deixem de ser ridículos. Lebron não chega aos pés de Jordan. Vocês conseguem imaginar Jordan perdendo finais? Nunca aconteceu e nunca aconteceria. #goceltics

[Vasco da Depressão] 17h20
Foi lamentável essa disputa de pênaltis. Mas a gente precisa lembrar que são garotos. Se a torcida ficar com essa pressão toda, a gente pode complicar carreiras brilhantes. Sério, gente: menos. Pra que enterrar alguém que ainda nem morreu?

Júlio estava feliz com seu trabalho. Não de uma forma radiante, mas contente e sabendo que emprego não é primariamente para satisfazer o coração, mas para pagar contas e viver de forma digna. Já tinha seis meses em suas viagens para o Rio e São Paulo. Sabia que em algum momento precisaria tomar a decisão de ir para uma das duas cidades se quisesse mesmo avançar na carreira. Inclusive assim ficaria mais perto de Vitória e das outras filiais da firma de advocacia que precisava visitar de vez em quando. Já tinha quase trinta e seu namoro com Maria Bárbara estava bem firme e animador. Era ruim passar a semana longe, mas o futuro prometia. Estava pensando em pedi-la em casamento no Natal. Como casal, iria levá-la para o Sudeste.

[Maria Bárbara princesa] 17h23

Oi, flor! Não se preocupa com isso não aí do seu carro. É frustrante mesmo lidar com oficina. Eu sinto muito estar fora da cidade bem quando você precisou de ajuda. Fico feliz que tudo se resolveu, e freio é assim mesmo, chega uma hora que tem que trocar a pastilha. Ah você já sabe se vai viajar mesmo no Natal para Natal? rsrs

[Júlia Antunes] 17h25

Mãe, fica tranquila. Tô escrevendo do avião, acabou de subir. Eu vejo isso do seguro quando eu chegar. No máximo até segunda a gente resolve isso. Não se preocupa com essas coisas, mãe. Já te disse que está sob controle.

[Cléber – Direção] 17h29
Oi, Cléber. Entendido. Eu mandei com essa formatação, pois foi como recebi do Fernando do financeiro. Mas até amanhã eu arrumo e coloco como você pediu. Desculpa aí, chefe!

Não fora fácil a vida até ali. Não que tenha sido dificílima; às vezes a gente exagera nas dificuldades que passou. Júlio era mais do tipo que minimiza os problemas. Criado por mãe solteira, ele e seu irmão mais velho sempre souberam que cuidariam dela. Que seriam o alicerce que a ajudaria a seguir na velhice. Só não achavam que seria já tão cedo. Ela batalhava contra a depressão, uma sensação de que a vida tinha passado e, ela, perdido sua chance. Seus filhos eram seu único tesouro – ou melhor, não eram o único tesouro, mas era assim que ela via. Júlio se formara em Direito e logo passou na Ordem dos Advogados do Brasil (OAB). A mãe estava bem em Brasília. Ele sabia, entretanto, que chegaria o dia de levá-la para dentro de sua casa, e que isso provavelmente seria em outra cidade.

[Maria Bárbara princesa] 17h32
A gente pode não mais brigar por causa disso? Eu já te expliquei muitas vezes que não é como você tá dizendo. Parece que você só olha pelo lado negativo. Eu não quis dizer que você é insensível ou egoísta. Eu só pedi pra você tentar imaginar como eu vejo essa questão. Não é tão difícil. Ainda que você não mude de ideia. Mas se coloca nos meus pés, por favor. A gente já teve essa conversa tantas vezes... e se precisar teremos de novo. Amo você. A gente vai se acertar quanto a isso como com tudo o mais.

[Power Fitness Asa Sul] 17h34

Então vamos fechar o plano trimestral apenas. Eu não sei ao certo se ficarei muito mais em Brasília, mas pelo menos até o final do ano eu fico. Agora, isso dos cheques... não tem outra forma, não? Vou ter de ir até a agência só pra imprimir isso.

[Baixo clero] 17h35

Povo, vocês num acham melhor a gente deixar esse assunto pra conversar pessoalmente, não? Sei que tá todo mundo meio pau da vida com essa atitude do Ribeiro, mas ficar aqui reclamando da chefia só vai trazer confusão. Se quiserem, eu topo liderar uma comissão nossa daqui pra lidar com isso. É cada fria...

[Joca boca de sovaco] 17h41

Deixa de ser ridículo. Claro que ela gosta de você. Ah, o cara sentado ao meu lado consegue ser mais fedorento que você. Seria ótimo poder abrir uma janela aqui nesse avião. Que horror. Tô cheirando a revista de bordo sem parar aqui pra ver se o aroma do papel se sobrepõe à caatinga.

[Felipe Antunes] 17h45
Cara, tô preocupado com a mãe. Esse remédio novo está deixando ela mais irritadiça que o normal. Te falei do surto com o esquema da comida do Tesouro? E o bichinho nem tava reclamando nem nada... ele está ótimo. Eu acho que a gente precisa, um de nós, ir à próxima consulta com ela. Sei que ela não gosta... mas vamos insistir? Acho que a médica não está tendo uma ideia muito clara do que está rolando. E você? Conta da Lulu e das meninas. Faz tempo que não te vejo. Nesse sábado vai ter futebol lá no campinho da 205. Os caras do Marista vão todos. Você podia passar lá um pouco. A gente faz o velho esquema: eu corro pelos dois e você faz gols e fica com a glória!

Júlio e Maria Bárbara se amavam de maneira espetacular. Seus desentendimentos, embora raros, eram espetaculares também. A raiva, entretanto, nunca durava muito. As reconciliações eram ainda mais impressionantes. Ela falava em casamento. Ele não achava isso nem um pouco ruim. Era daqueles namoros que todo mundo ao redor aprovava. Claramente os dois faziam muito bem um para o outro; todos, menos um ou outro "ex", torciam por eles.

[Antunados] 17h50

Tios, eu vou tentar sim estar com vocês no Ano-Novo. Estou vendo aqui com a mãe. No Natal eu tenho alguns planos que dependem ainda de uma resposta. Logo que eu souber, eu aviso. Mas já digo logo que só vou se tiver a rabanada recheada... Beijo na tia Clara, e compra logo um celular pra ela entrar aqui no grupo.

[Pedro Caccioli] 17h56

Obrigado pelos poemas do Donne. Você está certo. Esse cara toca em coisas profundas que mexem com a gente – parecem óbvias, mas que diz de um jeito que faz ficarem novas. Eu já conhecia a frase final sobre "por quem os sinos dobram". Mas a coisa é mais bela do que eu imaginava. Tem um autor que quero te mostrar. Amanhã no almoço eu te levo o livro dele. Dica: é inglês, mas contemporâneo.

[Jurídico-FT3] 18h15

Eu deixei o processo assim. Não se preocupem, segunda eu mexo com isso. Já está todo mundo por dentro do que precisamos para a audiência. Pensei numa baita estratégia, segunda eu conto. Lembra da situação da madeireira ano passado? Então. Vocês vão ficar bobos com a simplicidade da minha ideia. Se funcionar, quero um jantar.

[Henrique C.] 18h20

Rico, que saco você insistindo nisso. Eu já te expliquei que não vai dar certo e você vai se arrepender. Mas tô com preguiça de insistir. Você consegue ser mais cabeça-dura que eu. Quando quiser conversar, mas com disposição de verdadeiramente me ouvir, me chama. Abraço.

Talvez a vida seja de fato como um baita aeroporto: a gente se encontra nos terminais por um tempo enquanto nosso voo final não chega. Sorte têm aqueles que conseguem um tempo juntos que dê ao menos para uma bela refeição, ainda que cara. Por vezes os voos de cada um se atrasam, e a gente tem mais tempo para se conhecer, com os pés para cima em bancos vazios em terminais meio esquecidos. No final das contas, entretanto, cada um vai no seu ritmo, com seu itinerário. A gente se despede e, tantas vezes, ficam apenas as lembranças desse tempo juntos, seja ele muito, seja ele pouco. Todos nós embarcamos no meio da coisa. A chamada vem, e a gente ainda nem terminou de carregar o celular. Atabalhoados com documento e cartão de embarque. A vida se vai, *in media res*. No meio da coisa. Sem muito aviso. Muitos acompanham o placar eletrônico e vão percebendo que a hora se aproxima. Outros, entretanto, estão desatentos e se assustam quando ouvem seus nomes chamados no microfone. Quem dera pudéssemos saber que é o último voo, quem dera pudéssemos ser mais amáveis, claros e cuidadosos em nossas comunicações. Se soubéssemos que seriam as últimas, creio que seríamos, sim.

[Cond. SQS-303-B] 18h28
Eu, Júlio Antunes, apartamento 505, concordo com a transferência da assembleia para a outra semana.

[Túlio Ribas] 18h30
Fica tranquilo, primo. Devolve a moto quando você puder. Sei que a fase não tá boa. Só não vai arranhar, hein? Ainda lembro do que você fez com minha bicicleta quando a gente morava na Asa Norte. No hard feelings. Saudades de você, seu feioso.

[Flávia Siqueira] 18h35
Oi, Flávia! Eu topo sim essa ideia. Acho que a Maria Bárbara vai amar essa festinha surpresa. Você sabe que ela é muito esperta e vai acabar descobrindo, não sabe? Mas vale a tentativa. Eu acho um jeito de distraí-la no sábado enquanto vocês preparam o salão. Mesmo que ela descubra, vai ser ótimo. Obrigado pelo carinho com ela. Desculpa eu ter sido tão chato lá na festa do Caio.

[Maria Bárbara princesa] 18h42
Sim, mais uma mensagem. Baby, me desculpa por ter sido meio grosso ontem sobre aquele assunto da festa do Caio. O

avião está descendo; o céu tá lindo como você gosta. Eu não sei por que agi daquele jeito. Sei que foi errado e você não merece. Não vou ficar me justificando mais. Errei e pronto. Hoje a gente fala mais sobre isso se você quiser. Quando pousar, eu aviso. Você me busca na parte de cima, como sempre.

Quanto ao Natal... eu REALMENTE preciso saber se você vai ou não viajar, tá? Não queria falar muito, mas é uma surpresinha que estou planejando.

Ah! Consegui o chocolate que você gosta. Hoje tinha no aeroporto. Comprei em Vila Velha uma coisa pra você. Essa não digo qual é. Hoje, depois que você me pegar no aeroporto, eu mostro. Você vai babar. Será que acertei seu tamanho?

Esses dias vendo o mar me fizeram muito pensar em você. Uma coisa que é frustrante e admirável em você é que, assim como o mar, você é indomável. E, assim como ele, você carrega em si mais beleza e mistério do que a gente consegue imaginar. Sempre me surpreendo com o quão profunda pode ser sua mente. Sei que estou meio meloso... é a saudade e a vontade de te ver. Por certo as duas Heinekens antes do voo ajudam também o coração a amolecer. E o pôr do sol não está facilitando. Sei que a cada dia mais eu sinto sua falta e tenho certeza de que, como na música do Ed Sharpe, "lar é onde quer que eu esteja com você". Precisamos resolver isso da distância. Obrigado pela paciência comigo. Você me faz mais humano.

Ah, me lembra de contar uma coisa hilária que aconteceu na fila da segurança pro embarque. Faz aquela história da Cinara no cinema parecer uma piadinha sem graça que nem as do seu irmão.

O comandante tá falando em algum problema eletrônico, mas não há de ser nada.

Eu te amo. Eu tô chegando. Já aviso que vou querer aquele beijinho que faz cosquinha. Hoje vamos de quê? Pizza mesmo? Tenho outra ideia, no carro eu digo. Bjo.

AGRADECIMENTOS

Agradeço aos muitos apoiadores que tive ao longo do projeto. Agradeço aos leitores que sempre me encorajaram e desafiaram.

Agradeço a toda a equipe da Pilgrim e da Thomas Nelson Brasil: Leo Santiago, Samuel Coto, Guilherme Cordeiro, Guilherme Lorenzetti, Tércio Garofalo e muitos mais. À Ana Paula Nunes, que me deu a ideia de lançar um ano de histórias. Ao Anderson Junqueira pelo belíssimo projeto gráfico. À Ana Miriã Nunes pelas capas e ilustrações maravilhosas. Ao Leonardo Galdino, à Eliana e à Sara pelas revisões. À Anelise e Débora que por seu constante apoio fazem tudo ser mais fácil. Aos presbíteros e pastores da

Igreja Presbiteriana Semear, por me apoiarem neste projeto.

Sempre há mais gente a agradecer do que a mente se lembra. Sempre um exercício prazeroso bem como doloroso.

Aos amigos com quem um dia brincamos sobre criar um conjunto chamado "Samba de pança". Vocês sabem quem são. Deixemos assim.

SOBRE O AUTOR

EMILIO GAROFALO NETO é pastor da Igreja Presbiteriana Semear, em Brasília (DF), e autor de *Isto é filtro solar: Eclesiastes e a vida debaixo do Sol* (Monergismo), *Redenção nos campos do Senhor: as boas-novas em Rute* (Monergismo), *Ester na casa da Pérsia: e a vida cristã no exílio secular* (Fiel), *Futebol é bom para o cristão: vestindo a camisa em honra a Deus* (Monergismo), além de numerosos artigos na área de teologia.

Emilio também é professor do Seminário Presbiteriano de Brasília e professor visitante em diversas instituições. Ele completou seu PhD no Reformed Theological Seminary, em Jackson (EUA), e também é mestre em teologia pelo Greenville Presbyterian Theological Seminary e graduado em Comunicação Social/Jornalismo pela Universidade de Brasília. Emilio gosta muito de focas e toda sorte de mamífero marinho.

Ele também usa o tempo em modo avião em seus voos para atualizar as muitas respostas que precisar dar no WhatsApp.

OUÇA A SÉRIE *UM ANO DE HISTÓRIAS* NARRADA PELO PRÓPRIO AUTOR!

Na Pilgrim você encontra a série **Um ano de histórias** e mais de 7.000 **audiobooks**, **e-books**, **cursos**, **palestras**, **resumos** e **artigos** que vão equipar você na sua jornada cristã.

Comece aqui

Copyright © Emilio Garofalo Neto.
Os pontos de vista dessa obra são de responsabilidade
dos autores e colaboradores diretos, não refletindo
necessariamente a posição da Pilgrim Serviços e
Aplicações ou de sua equipe editorial.

Revisão
Leonardo Galdino
Eliana Moura Mattos
Sara Faustino Moura

Capa e ilustrações
Ana Miriã Nunes

Diagramação e projeto gráfico
Anderson Junqueira

Edição
Guilherme Lorenzetti
Guilherme Cordeiro Pires

Dados Internacionais de Catalogação na Publicação (CIP)

G223s   Garofalo Neto, Emilio
Led.   Sem nem se despedir e outras histórias / Emilio Garofalo Neto.
        – 1.ed. – Rio de Janeiro: Thomas Nelson Brasil;
        São Paulo : The Pilgrim, 2021.
        80 p.; il.; 11 x 15 cm.

        ISBN: 978-65-56894-17-1

        1. Cristianismo. 2. Contos brasileiros.
        3. Ficção brasileira. 4. Teologia cristã. 5. Vida cristã.
11-2021/23   CDD B869.3

Índice para catálogo sistemático:
Ficção cristã : Literatura brasileira   B869.3
Bibliotecária responsável: Aline Graziele Benitez CRB-1/3129

Todos os direitos reservados a
Pilgrim Serviços e Aplicações LTDA.
Alameda Santos, 1000, Andar 10, Sala 102-A
São Paulo — SP — CEP: 01418-100
www.thepilgrim.com.br

*Este livro foi impresso
pela Ipsis, em 2021, para a
HarperCollins Brasil.
O papel do miolo é pólen
soft 90g/m², e o da capa é
couché fosco 150g/m²*